Au moment de l'**heure des histoires**, tandis que l'un regarde
les images et l'autre lit le texte, une relation s'enrichit,
une personnalité se construit, naturellement, durablement.

Pourquoi ? Parce que la lecture partagée est une expérience
irremplaçable, un vrai point de rencontre. Parce qu'elle développe
chez nos enfants la capacité à être attentif, à écouter, à regarder,
à s'exprimer. Elle élargit leur horizon et accroît leur chance
de devenir de bons lecteurs.

Quand ? Tous les jours, le soir, avant de s'endormir, mais aussi
à l'heure de la sieste, pendant les voyages, trajets, attentes...
La lecture partagée permet de retrouver calme et bonne humeur.

Où ? Là où l'on se sent bien, confortablement installé, écrans
éteints... Dans un espace affectif de confiance et en s'assurant,
bien sûr, que l'enfant voit parfaitement les illustrations.

Comment ? Avec enthousiasme, sans réticence à lire
« encore une fois » un livre favori, en suscitant l'attention
de l'enfant par le respect du rythme, des temps forts,
de l'intonation.

ISBN : 978-2-07-063232-9
© Gallimard Jeunesse 2006, pour les illustrations,
2010, pour la présente édition
Numéro d'édition : 332660
Loi n° 49-956 du 16 juillet 1949
sur les publications destinées à la jeunesse
Premier dépôt légal : avril 2010
Dépôt légal : janvier 2018
Imprimé en France par I.M.E
Maquette : Claire Poisson

Charles Perrault - Georg Hallensleben

Le Petit Chaperon rouge

GALLIMARD JEUNESSE

Il était une fois une petite fille de village,
la plus jolie qu'on eût su voir : sa Mère en
était folle et sa Mère-grand, plus folle encore.
Cette bonne femme lui fit faire un petit
chaperon rouge qui lui seyait si bien
que partout on l'appelait le Petit
Chaperon rouge.

Un jour sa Mère, ayant cuit et fait
des galettes, lui dit :
– Va voir comment se porte
ta Mère-grand, car on m'a dit qu'elle
était malade. Porte-lui une galette
et ce petit pot de beurre.
Le Petit Chaperon rouge partit
aussitôt pour aller chez sa Mère-grand,
qui demeurait dans un
autre village. En passant dans
un bois, elle rencontra compère le Loup,
qui eut bien envie de la manger ; mais
il n'osa, à cause de quelques bûcherons
qui étaient dans la forêt.
Il lui demanda où elle allait.

La pauvre
enfant, qui ne
savait pas qu'il
était dangereux
de s'arrêter
à écouter un loup,
lui dit :
— Je vais voir ma Mère-
grand, et lui porter
une galette avec un petit
pot de beurre que
ma Mère lui envoie.

– Demeure-t-elle bien loin ?
lui dit le Loup.
– Oh ! oui, dit le Petit
Chaperon rouge ; c'est par-
delà le moulin que vous voyez
tout là-bas, là-bas, à la première
maison du village.
– Eh bien ! dit le Loup, je veux
l'aller voir aussi ; je m'y en vais
par ce chemin-ci, et toi par
ce chemin-là, et nous verrons
qui plus tôt y sera.

Le Loup se mit à courir de toute sa force
par le chemin qui était le plus court, et la petite
fille s'en alla par le chemin le plus long,
s'amusant à cueillir des noisettes, à courir après
des papillons, et à faire des bouquets des petites
fleurs qu'elle rencontrait.
Le Loup ne fut pas longtemps à arriver à la
maison de la Mère-grand ; il heurte : toc, toc.
– Qui est là ?
– C'est votre fille, le Petit Chaperon rouge,
dit le Loup en contrefaisant sa voix, qui vous
apporte une galette et un petit pot de beurre
que ma Mère vous envoie.

La bonne Mère-grand, qui était dans son lit
à cause qu'elle se trouvait un peu mal, lui cria :
– Tire la chevillette, la bobinette cherra.
Le Loup tira la chevillette, et la porte s'ouvrit.
Il se jeta sur la bonne femme, et la dévora
en moins de rien, car il y avait plus de trois
jours qu'il n'avait pas mangé.

Ensuite il ferma la porte, et s'alla coucher
dans le lit de la Mère-grand, en attendant
le Petit Chaperon rouge, qui quelque temps
après vint heurter à la porte : toc, toc.
– Qui est là ?

Le Petit Chaperon rouge, qui entendit la grosse
voix du Loup, eut peur d'abord mais, croyant
que sa Mère-grand était enrhumée, répondit:
– C'est votre fille, le Petit Chaperon rouge,
qui vous apporte une galette et un petit pot
de beurre que ma Mère vous envoie.

Le Loup lui cria en adoucissant un peu sa voix :
– Tire la chevillette, la bobinette cherra.
Le Petit Chaperon rouge tira la chevillette,
et la porte s'ouvrit.

Le Loup, la voyant entrer,
lui dit en se cachant dans le lit
sous la couverture :
– Mets la galette et le petit
pot de beurre sur la huche,
et viens te coucher avec moi.
Le Petit Chaperon rouge
se déshabille, et va se mettre
dans le lit, où elle fut bien
étonnée de voir comment
sa Mère-grand était faite
en son déshabillé.
Elle lui dit :
– Ma Mère-grand, que
vous avez de grands bras !

– C'est pour mieux
t'embrasser, ma fille.
– Ma Mère-grand, que
vous avez de grandes jambes !
– C'est pour mieux courir,
mon enfant.
– Ma Mère-grand, que
vous avez de grandes
oreilles !
– C'est pour mieux
écouter, mon enfant.
– Ma Mère-grand, que
vous avez de grands yeux !
– C'est pour mieux voir,
mon enfant.

– Ma Mère-grand, que vous avez
de grandes dents !
– C'est pour te manger.
Et, en disant ces mots,
ce méchant Loup se jeta
sur le Petit Chaperon rouge,
et la mangea.

MORALITÉ

On voit ici que de jeunes enfants,
Surtout des jeunes filles,
Belles, bien faites et gentilles,
Font très mal d'écouter toute sorte de gens,
Et que ce n'est pas chose étrange,
S'il en est tant que le loup mange.
Je dis le loup, car tous les loups
Ne sont pas de la même sorte :

Il en est d'une humeur accorte,
Sans bruit, sans fiel et sans courroux,
Qui, privés, complaisants et doux,
Suivent les jeunes Demoiselles
Jusque dans les maisons, jusque dans les ruelles;
Mais hélas! qui ne sait que ces loups doucereux,
De tous les loups sont les plus dangereux?

L'auteur

Charles Perrault (1628-1703), né et mort à Paris, fut contrôleur général de la surintendance des Bâtiments sous Louis XIV. Il entra en 1671 à l'Académie française, où il se fit remarquer dans la querelle des Anciens et des Modernes en prenant parti pour les Modernes (*Le Siècle de Louis le Grand, Parallèle des Anciens et des Modernes*).

Il doit sa célébrité aux *Contes de ma mère l'Oye* (1697) qu'il collecta pour l'amusement des enfants et publia sous le nom de son fils Perrault d'Armancour.

L'illustrateur

Georg Hallensleben est né en Allemagne en 1958. Après le lycée, il part vivre à Rome et commence à exposer ses peintures dans des galeries.

En 1994, il illustre son premier livre pour enfants, *Baboon*, écrit par Kate Banks, qu'il avait rencontrée à Rome. Gallimard le publie. Kate et Georg ont créé ensemble d'autres albums publiés chez Gallimard Jeunesse.

Georg vit maintenant à Paris avec sa femme, Anne Gutman. Ensemble, ils ont notamment donné vie au personnage de Pénélope, petit koala bleu espiègle et tête en l'air. Ils travaillent sur de nombreux projets en espérant qu'ils plairont à leurs trois enfants.

Dans la même collection

n° 1 *Le vilain gredin*
par Jeanne Willis
et Tony Ross

n° 2 *La sorcière Camembert*
par Patrice Leo

n° 3 *L'oiseau qui ne savait pas chanter*
par Satoshi Kitamura

n° 4 *La première fois que je suis née*
par Vincent Cuvellier
et Charles Dutertre

n° 5 *Je veux ma maman !*
par Tony Ross

n° 6 *Petit Fantôme*
par Ramona Bădescu
et Chiaki Miyamoto

n° 7 *Petit dragon*
par Christoph Niemann

n° 8 *Une faim de crocodile*
par Pittau et Gervais

n° 9 *2 petites mains
et 2 petits pieds*
par Mem Fox
et Helen Oxenbury

n° 10 *La poule verte*
par Antonin Poirée
et David Drutinus

n° 11 *Quel vilain rhino!*
par Jeanne Willis
et Tony Ross

n° 12 *Peau noire peau blanche*
par Yves Bichet
et Mireille Vautier

n° 19 *La belle lisse poire
du prince de Motordu*
par Pef

n° 20 *Le Petit Poucet*
par Charles Perrault
et Miles Hyman

n° 25 *Pierre Lapin*
par Beatrix Potter

n° 29 *Le Chat botté*
par Charles Perrault
et Fred Marcellino